HELVEDE

KUNSTSAMLING PÅ 72 VÆRKER

Helvede
Kunstsamlingen
af
Dino Di Durante

Første Udgave
10 9 8 7 6 5 4 3 2 1

Amerikanske Kongressens Bibliotek: VAu 1-189-270

ISBN-13: 1628790288
ISBN-13: 978-1-62879-028-3

For at købe bøger en gros, kontakt venligst:

Gotimna Publications, LLC
www.GotimnaPublications.com

For at købe kunstværker, kontakt venligst:

Epic Art Collections, LLC
www.EpicArtCollections.com

JEG DEDIKERE DETTE VÆRK TIL
DANTE ALIGHIERI,
LÆRENE I MIT LIV

OG

TIL MIN ELSKEDE LUCIA,
"LYSET" I MIT LIV,
SOM JEG HAR UDØDELIGGJORT
I BEATRICES BILLEDE

ENDELIGE

DOM

FORORD

Dante Alighieri skrev sit mesterværk, Den Guddommelige Komedie, i årene fra 1302 til 1321. Siden da har mange kunstnere forsøg at fortolke den billedlig gennem tegninger og malerier i de sidste syv århundreder; blandt dem er Sandro Botticelli, William Blake, Giovanni Stradano, Gustave Doré og den store Salvador Dali for blot at nævne nogle stykker. Gustave Doré skabte de mest berømte værker, som først blev publiceret i 1861, og et århundrede senere lavede Salvador Dali sin fortolkning i abstrakte malerier. Men ifølge italienske Dantologister, er det kun én kunstner, Sandro Boticelli, der formåede at fortolke værket korrekt i 1480erne. Nu har en moderne kunstner taget udfordringen op...

Konceptegneren Dino Di Durante har påtaget sig opgaven at bringe liv i Dantes Helvede på lærredet. Hans fokus er ikke blot en nøjagtig fortolkning af Dante Alighieris mesterværk om Helvede, men ligeså et forsøg på at påvirke og undervise dem, der ikke er bekendt med Den Guddommelige Komedie. De kunstværker der optræder i denne bog, er ikke Dorés sorte og hvide litografier, eller Salvador Dalis abstrakte malerier fra senere tid. I stedet tilbyder Di Durante et rigt sæt af farverige og omhyggeligt udformede malerier hvis mage aldrig er set før. Hans dybe fortolkning af Helvede overgår alle andre, der har forsøgt at skrilde, hvad Dante Alighieri udtrykte i ord for syv århundreder siden.

Dino Di Durantes visuelle rejse i Dantes Helvede begyndte i 2007, med idéen om at lave en graphic novel, der kort efter udvidede sig til denne bog fyldt med illustrationer, som blev fuldendt i 2014. Årsagen til det lange og besværlige arbejde var, at Di Durante er en visionær kunstner og art director, der kræver engagement, stil og sans for detaljer. En del af hans omfattende kunstsamling blev brugt i en animationsfilm, som blev produceret samtidig med bogen, i både engelsk og primitivt italiensk, med titlen "Dante's Hell Animated" og "Inferno Dantesco Animato" hhv. Hans komplette kunstamling på 72 kunstværker blev brugt i filmen "Inferno by Dante", som har en rolleliste på over 30 berømtheder, professorer og Dantologister (Dantisti) fra både USA, Italien og Vatikanet.

Di Durantes inspirerede gengivelser og repræsentationer af Dantes episke digt kommer til live i disse film. Seeren rejser sammen med Dante og Vergil gennem alle Helvedes forskellige niveauer og præsenteres for et fantastisk billed af Dantes ironiske beskrivelser af syndernes straffer. Seeren får lov til at være vindueskigger på en mørk rejse ind i de evigt dømtes verden. Alle Di Durantes inspirerende kunstværker afbildet i filmene, som blev nævnt ovenfor, præsenteret i denne bog.

Dino Di Durante har lagt alle sine kræfter i dette fantastiske projekt, som giver liv til den første del af Dante Alighieris mesterværk Den Guddommelige Komedie i alle mulige former. Fra alle de filmatiseringer, som han har haft del i, til den bog du har i dine hænder, kan man næppe benægte at dette arbejde er udført i kærlighed.

Vend siden og nyd bogen!

Armand Mastroianni
Filminstruktør / Producer

Dino Di Durante

FORTALEN

Jeg var 6 år, da jeg først begyndte at male med vandfarver, men jeg skiftede meget snart til tempera, da jeg godt kunne lide kontrollen, som denne type maling giver. Jeg malede Disney-figurer på træ da jeg kunne få det gratis. Efter få år holdt jeg op med at male og begyndte med musik, fotografering og så videre. Efter college samlede jeg penslen op endnu en gang, og denne gang brugte jeg akrylmaling på lærred, og skiftede til at male freestyle, som også kaldes abstrakt.

Den Guddommelige Komedie var en bog som min familie ofte talte om og diskuterede. Jeg ventede indtil jeg havde chancen for at "studere" den på college da jeg gik på University of California i Los Angeles som ingeniørstuderende. Jeg endte med hovedfag i videnskab, men også med en mindre grad i italiensk litteratur. Men da jeg først ankom til UCLA, tog jeg ikke nogen tekniske klasser, men i stedet udfyldte jeg de almene krav ved at tilmelde mig et studie i Den Guddommelige Komedie, og senere resten af Dante Alighieris samlede værker. Dette endte som min bedste oplevelse fra college. Den Guddommelige Komedie ændrede mit liv på mange måder. Jeg blev fuldstændig betaget da jeg blev ført gennem efterlivet af Dantes hånd. Dog havde jeg meget svært ved at visualisere historien da jeg brugte Gustave Dorés illustrationer til at følge min læsning, og det var forvirrende til tider. Jeg kunne ikke finde noget andet på biblioteket på det tidspunkt, da internettet ikke fandtes.

Så mange år senere, begyndte jeg at udvikle en graphic novel-serie om Dantes Helvede. Under denne proces havde jeg muligheden for at arbejde på en film, der bygger på samme emne, med titlen "Inferno by Dante". Efter at have lavet noget research, indså jeg, at der ikke var nok visuel kunst i det offentlige domæne til at lave filmen ordentligt. Så jeg besluttede mig for at ændre kurs, stoppede arbejdet med graphic novel-serien og begyndte en ny rejse ind i Helvede, kreds for kreds, fra begyndelsen (Den Mørke Skov) til enden (Purgatoriet Stjerner).

Sandro Botticelli, som fortolkede Den Guddommelige Komedie til næsten perfektion i 1480erne, blev min ledende kraft efter at dantologisten Riccardo Pratesi havde gjort flere bemærkninger om mit unøjagtige arbejde. Han gjorde mig opmærksom på, at jeg havde lavet flere fejl, der bør rettes, hvis jeg ønskede at byde på en seriøs fortolkning af Dantes Helvede på både tryk og film. Så da Riccardo tilbød mig sin gratis hjælp og rådgivning, sprang jeg på denne chance fra en person, der elsker Dante lige så meget som mig. Før han blev en del af mit team, havde jeg allerede arbejdet med Avetik Balaian, som hjalp mig med at designe scenerne samt at lave korrektioner, der var nødvendige for at give verden en samling at kunstværker hvis mage ikke er set før. Alle detaljer, flotte farver og præcise gengivelser blev fuldendt takket være både Ricardo og Avetik samt Sandro Botticellis skitser og malerier.

Dino Di Durante

Tak til

Der er så mange mennesker, som jeg star til taknemmelighe til, at denne side måske ikke er nok, ikke kun i størrelse, men også i ord.

Eg må først takke Gud for at give mig den fantastiske opgave at dele Den Guddommelige Komedie med resten af verdenen.

Tak til Dante Alighieri, som vækkede mig og viste mig den virkelige verden og den vej, hvor jeg fandt mig selv og min givne opgave.

Tak til min elskede Lucia, som jeg ikke blot dedikere hele mit arbejde til, men også må takke for hendes ubetingede kærlighed, støtte og oplysning, som hun gav mig i hendes liv.

Tak til min moder for hendes ubetingede kærlighed og støtte siden jeg begyndte at male i en alder af 6.

Tak til Carlos, deri første omgang banede vejen for at jeg kunne udføre min livsmission.

Tak til Ricardo Pratesi, i særdeleshed, uden hvem denne visuelle fortolking af Dantes Helvede ville have værret yderst unøjagtig.

Tak til min ven og filminstruktør Armand Mastroianni, som ikke blot skrev forordet til denne bog, men som også altid har villet givet mig sin feedback.

Tak til professor Massimo Ciavolella, som var en tidlig fan af mit arbejde, for altid at holde dørene åbne for den italienske afdeling på UCLA (University of California, Los Angeles). Men også for at præsentere en del af mit arbejde på University of Rome's "La Sapienza" i Rom i Italien.

Tak til Pablo Atchugarry for at have troet på mit arbejde, og åbnet dørene til hans meget prestigefyldte fond i det velhavende sommer-resort Punta Del Este i Uruguay, så jeg kunne få lov til at præsentere 50 værker i min kunstsamling om Helvede i begyndelsen af 2011.

Tak til min kære ven Jeff Conaway, som var en tidlig fan og som fik mig til at fortsætte selv om det var langt og trættende arbejde.

Tak til alle de fagfolk, der gav sanction til denne bog, og som bragte deres navn på linje for at opfordre andre til at gøre bekendtskab med dette værk.

Tak til Lukas Sprehn, oversætter, for at have oversat denne bog til dansk

Sidst, men ikke mindst, vil jeg gerne takke ikke blot alle mine samarbejdspartnere, men også alle dem, der har været en del af min rejse.

Dino Di Durante

INDLEDNING

KUNSTSAMLINGEN OM DANTES HELVEDE HAVDE PREMIERE VED
PABLO ATCHUGARRY FOUNDATION-FONDEN SOM ET PROJEKT
UNDER UDVIKLING I DET VELHAVENDE SOMMER-RESORT
PUNTA DEL ESTE I URUGUAY, FRA 1. JANUAR TIL 28. FEBRUAR,
2011. PÅ DET TIDSPUNKT, VAR KOKKELTIONEN IKKE FULDEND,
OG KUN 50 VÆRKER BLEV UDSTILLET.

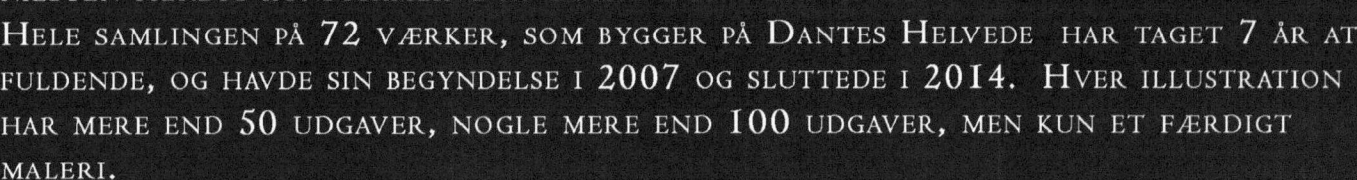

ET PAR ÅR SENERE FIK JEG MULIGHED FOR AT PRÆSENTERE EN
NÆSTEN FÆRDIG KUNSTSAMLING PÅ COMIC CON I SAN DIEGO.
HELE SAMLINGEN PÅ 72 VÆRKER, SOM BYGGER PÅ DANTES HELVEDE HAR TAGET 7 ÅR AT
FULDENDE, OG HAVDE SIN BEGYNDELSE I 2007 OG SLUTTEDE I 2014. HVER ILLUSTRATION
HAR MERE END 50 UDGAVER, NOGLE MERE END 100 UDGAVER, MEN KUN ET FÆRDIGT
MALERI.

HVERT MALERI TRYKT I DENNE BOG KOMMER MED EN KORT BESKRIVELSE I BUNDEN, SÅ
MAN KAN FØLGE HISTORIEN LET. DESUDEN VIL QR-KODEN TRYKT UNDER HVERT MALERI,
SOM KAN SCANNES MED EN SMARTPHONE ELLER TABLET, GIVE EN FLERE OPLYSNINGER TIL
AT FORSTÅ DENNE KOMPLEKSE HISTORIE. NÅR MAN SCANNER DEN GULE QR-KODE, GIVER
DET EN MULIGHED TIL AT LÆSE TEKSTEN I DEN PÅGÆLDENDE PASSAGE I VORES ONLINE
GRATIS E-BOGSUDGAVE AF DEN ENGELSKE UDGAVE AF HELVEDE (INFERNO). NÅR MAN
SCANNER DEN SØLVFARVEDE QR-KODE, GIVER DET MULIGHED FOR AT KØBE DET
PÅGÆLDENDE MALERI I FORSKELLIGE STØRRELSER OG MEDIER.

JEG HAR ARBEJDET MEGET HÅRDT FOR AT GØRE DET NEMT AT FORSTÅ DENNE OPLYSENDE OG
MEGET KOMPLEKSE. FOR AT UDFØRE DENNE OPGAVE, HAR JEG PLACERET MIG SELV I HELVEDE,
SOM HVIS JEG HAVDE EN 360 GRADERS UDSIGT OG VISUALISERET DET FOR JER I DENNE
KUNSTSAMLING, I SKAL TIL AT SE. NU HAR DU MULIGHED FOR AT VÆRE MIN DOMMER OG LADE
MIG VIDE, OM JEG HAR FORMÅET AT OPNÅ DETTE MÅL.

DANTE ALIGHIERI SKREV HANS LITTERÆRE MESTERVÆRK, DEN GUDDOMMELIGE KOMEDIE,
SÅ VI KUNNE LÆRE OM VORES EGET LIV - I FORTIDEN, NUTIDEN OG FREMTIDEN. NU DA
JEG NÅR ENDEN PÅ DENNE LANGE MEN OPLYSENDE OPLEVELSE, HÅBER JEG AT MIT VÆRK
VIL YDE DANTE RETFÆRDIGHED OG FORMIDLE HANS BUDSKAB VISUELT TIL JER, SÅ I KAN
FINDE FORMÅLET I JERES LIV.

GUD VELSIGNE JER ALLE!

DINO DI DURANTE

1300 A.C. - Cuma, Italien

Dante er faret vild i en mørk skov

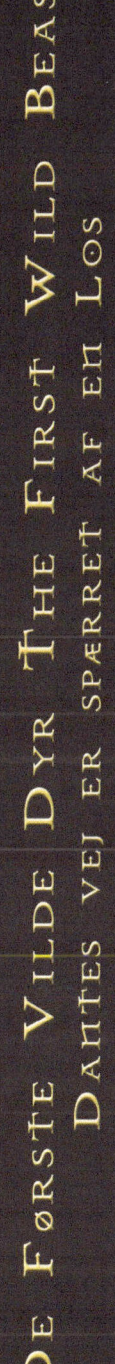

De Første Vilde Dyr · The First Wild Beast
Dantes vej er spærret af en Los

Det Andet Vilde Dyr
Dantes vej er spærret af en Løve

DET TREDJE VILDE DYR

DANTES VEJ ER SPÆRRET AF EN HUN-ULV

Vergil Viser Sig

Vergil beskytter Dante fra en sulten Hun-ulv

DANTE OMFAVNER VERGIL

Dante er forbløffet over sin helts tilsynekomst

BEATRICE STIGER FRA PARADIS MED I LIMBO
Vergil iagttager med forundring

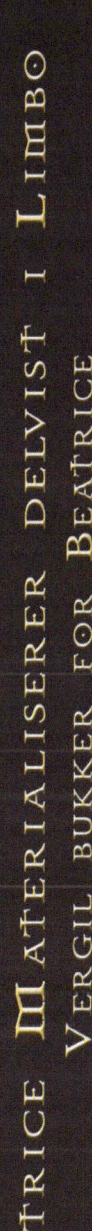

BEATRICE **M**ATERIALISERER DELVIST I LIMBO
VERGIL BUKKER FOR BEATRICE

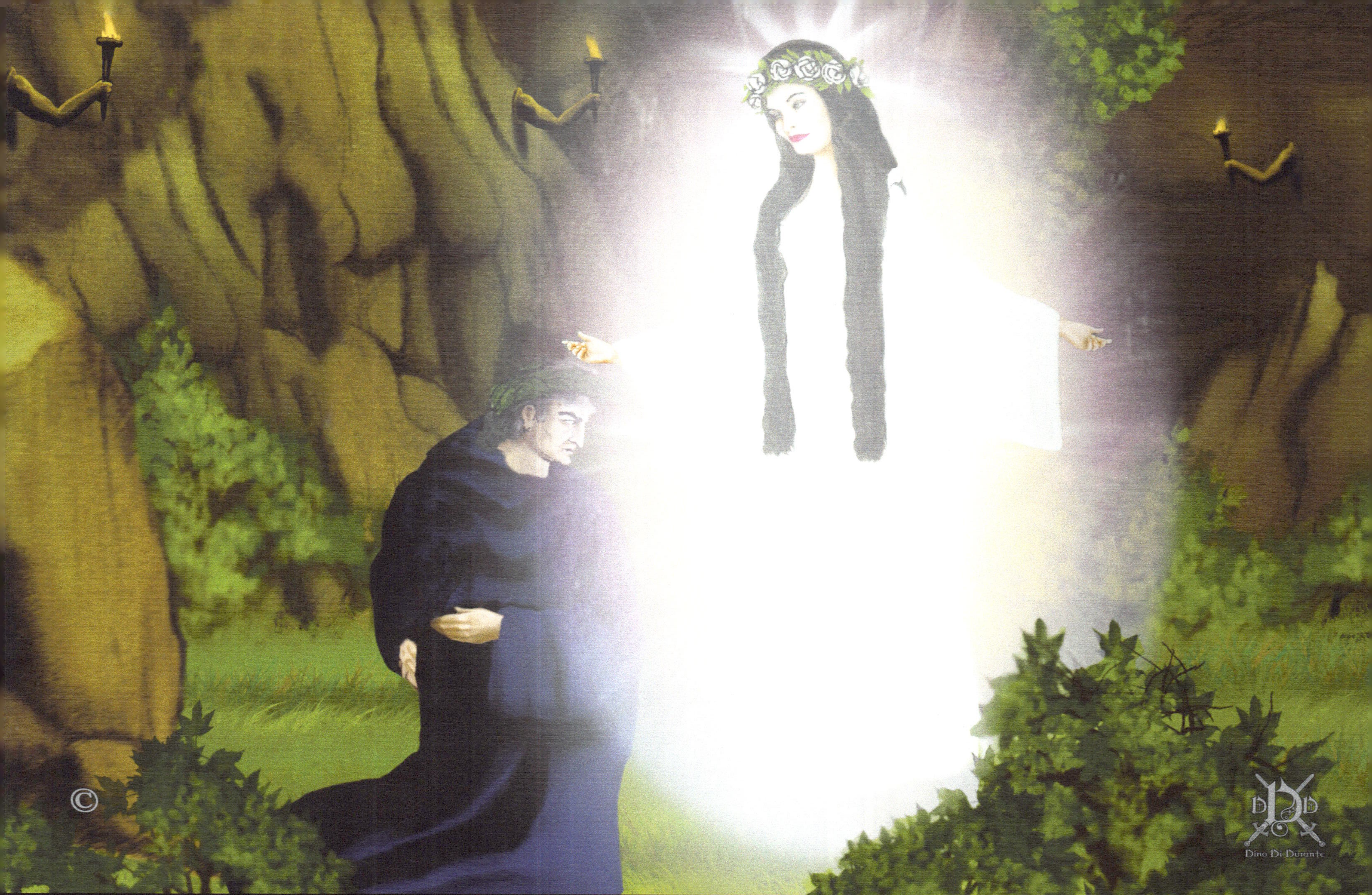

Vergils Opgave

Beatrice beder Vergil om at føre Dante gennem Helvede og Skærsilden

Indgangen til Helvede – Cuma, Italien
Vergil og Dante ser ned på indgangen til Helvede under dem

Helvedsporten

Hebræisk inskription over indgangen: "Jeg fører ind ..."

Hulen ind til Helvede

Dante og Vergil går mod den forpinte by

Panoramaudsigt over Helvede

Dante og Vergil træder ind i Helvede og ser dets 9 pinefulde helvedskredse

Diagram over Helvede

De 9 kredse og deres underafdelinger

De Ugidelige og Ankommende Syndere

Venter på at blive ført hen over floden Acheron

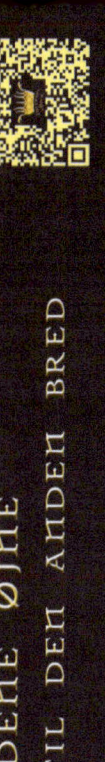

Charon – Dæmonen med Brændende Øjne

Charon ankommer for at bære synderne til den anden bred

CHARON KONFRONTERER DIGTERNE

DANTE BLIVER TRUET OG GEMMER SIG BAG VERGIL

Dante Besvimer

Charon prygler synderne og Dante kan ikke tale af se dem lide

DANTE FALDER

HAN ER OMRINGET AF SYNDERE OG BLIVER BISTÅET AF VERGIL

Pa Tværs af Floden Acheron

Charon sejler synderne tværs over floden med Dante og Vergil

Den Første Kreds – Limbo

Dante og Vergil ankommer til fæstningen med de syv mure

Det Glorværdige Følgeskab

Dante og Vergil begiver sig ind i fæstningen med Homer og andre digtere

Τερψιχόρη

Dino Di Durante

LIMBOS GLORVÆRDIGE SJÆLE

DANTE OG VERGIL MØDER SOCRATES, JULIUS CÆSAR, ARISTOTLES, ...

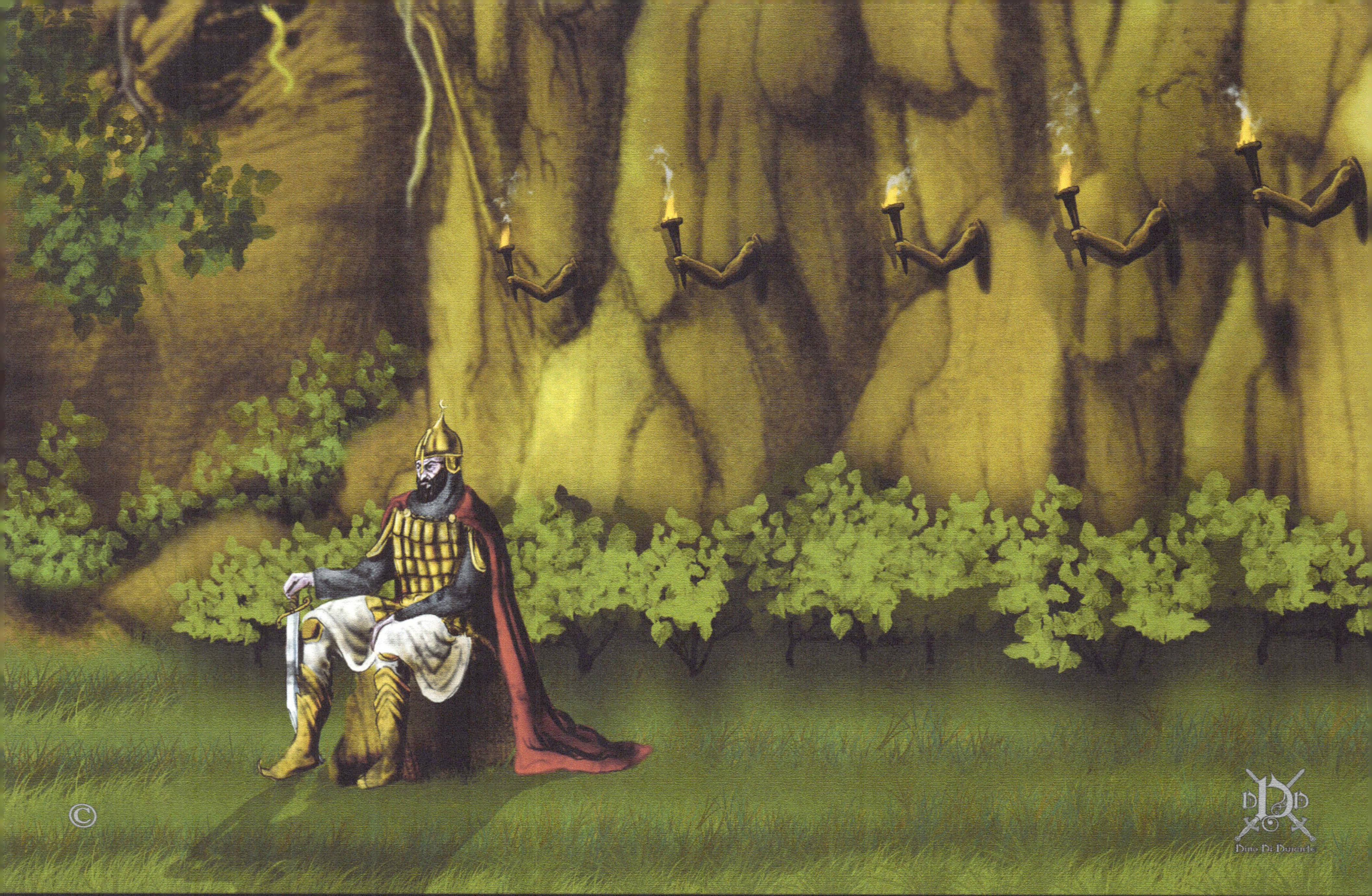

EROBREREN

Den store kommandant, der bemæde de besejrede korsfarere

MINOS – HELVEDES DOMMER

ANKOMMENDE SYNDERE BLIVER DØMT OG SENDT TIL DERES TILDELTE KREDSE

Anden Kreds – De Liderlige
Kleopatra og Marcus Antonius

Dino Di Durante

Anden Kreds – De Liderlige
Dante besvimer foran Paolo og Francesca

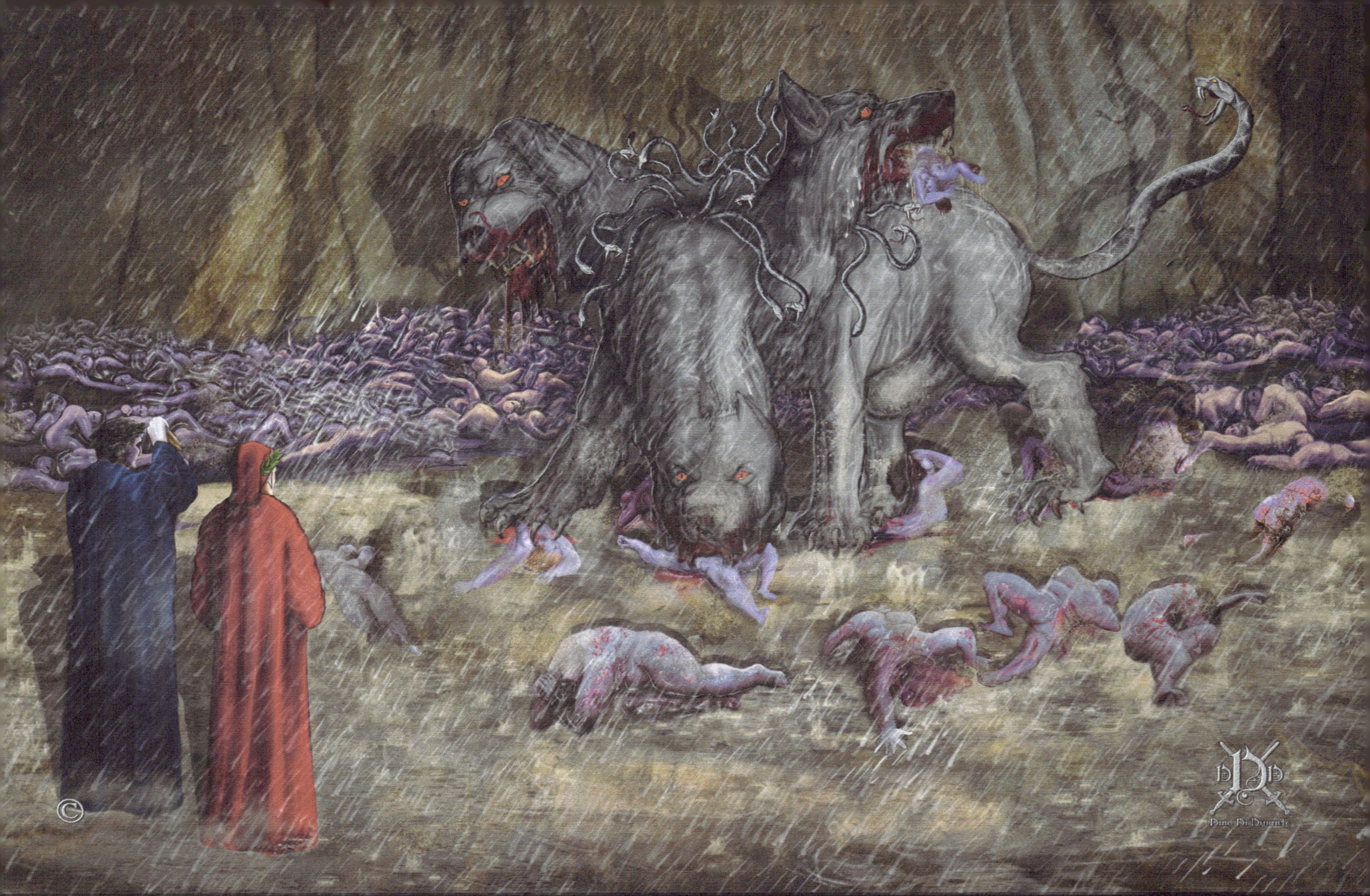

Tredje Kreds - Fråserne

Vergil kaster mudder mod Kerberus for at berolige ham

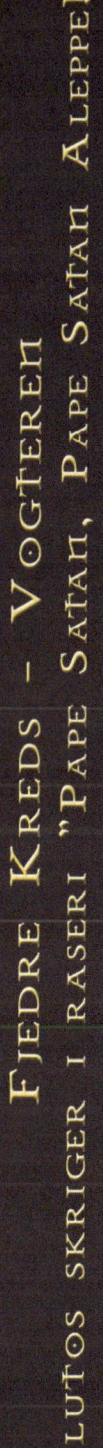

Fjedre Kreds – Vogteren

Plutos skriger i raseri "Pape Satan, Pape Satan Aleppe!"

Fjerde Kreds – De Gjerrige og de Ødsle
Synderne kolliderer med hinanden og vender sig om

Femte Kreds – De Vredagtige og Misundelige
Flégias sejler Dante og Virgil tværs over floden Styx

Dino Di Durante

Tre Furier Viser Sig over Dis' Mur

De truer med at kalde på Medusa og Vergil dækker Dantes øjne

Dæmoner Spærrer Indgangen til Byen Dis Demons
Vergil argumenter for at, Dante er på en opgave fra Gud

GUDS BUDBRINGER VISER SIG

Han bevæger sig over floden Styx mod indgangen til Dis

Englen sender dæmonerne bort og åbner porten til Dis
Dante bukker og begge poeter træder ned i lavere Helvede

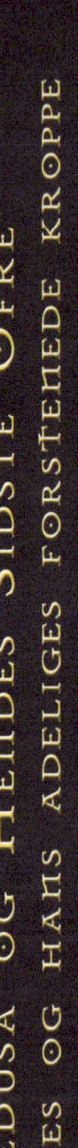

MEDUSA OG HENDES SIDSTE OFRE
POLYDEKTES OG HANS ADELIGES FORSTENEDE KROPPE

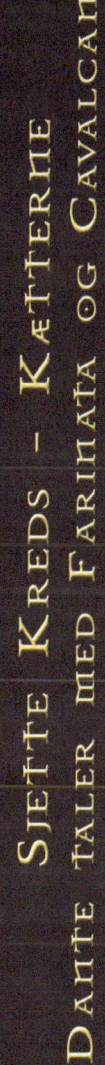

Sjette Kreds – Kætterne

Dante taler med Farinata og Cavalcanti

Syvende Kreds – De Voldeliges Vogter

Minotaurus truer Dante da de går med af skrænten

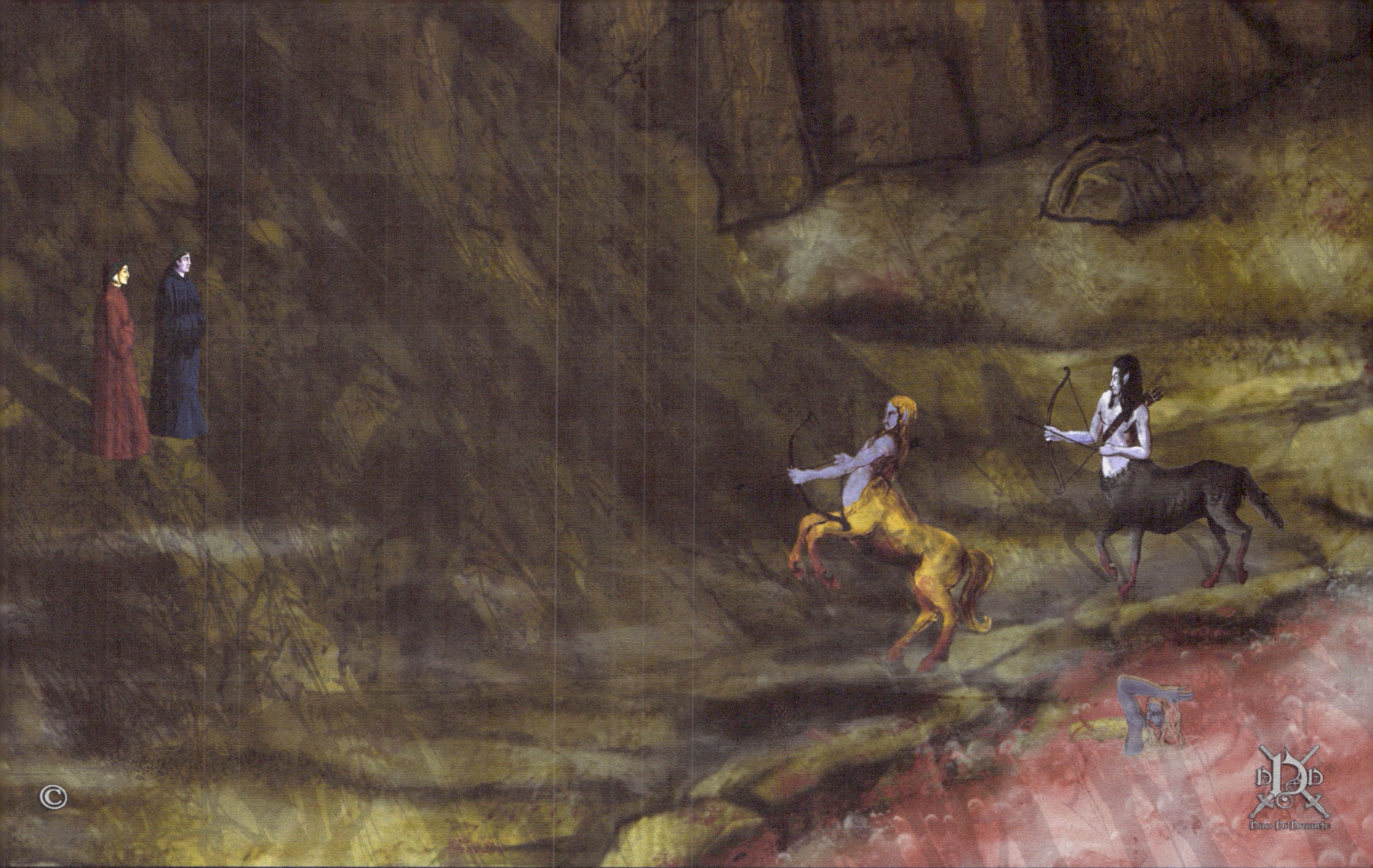

Syvende Kreds: Skrænten

Dante og Vergil når ned og bliver mødt af Chiron og Nessus

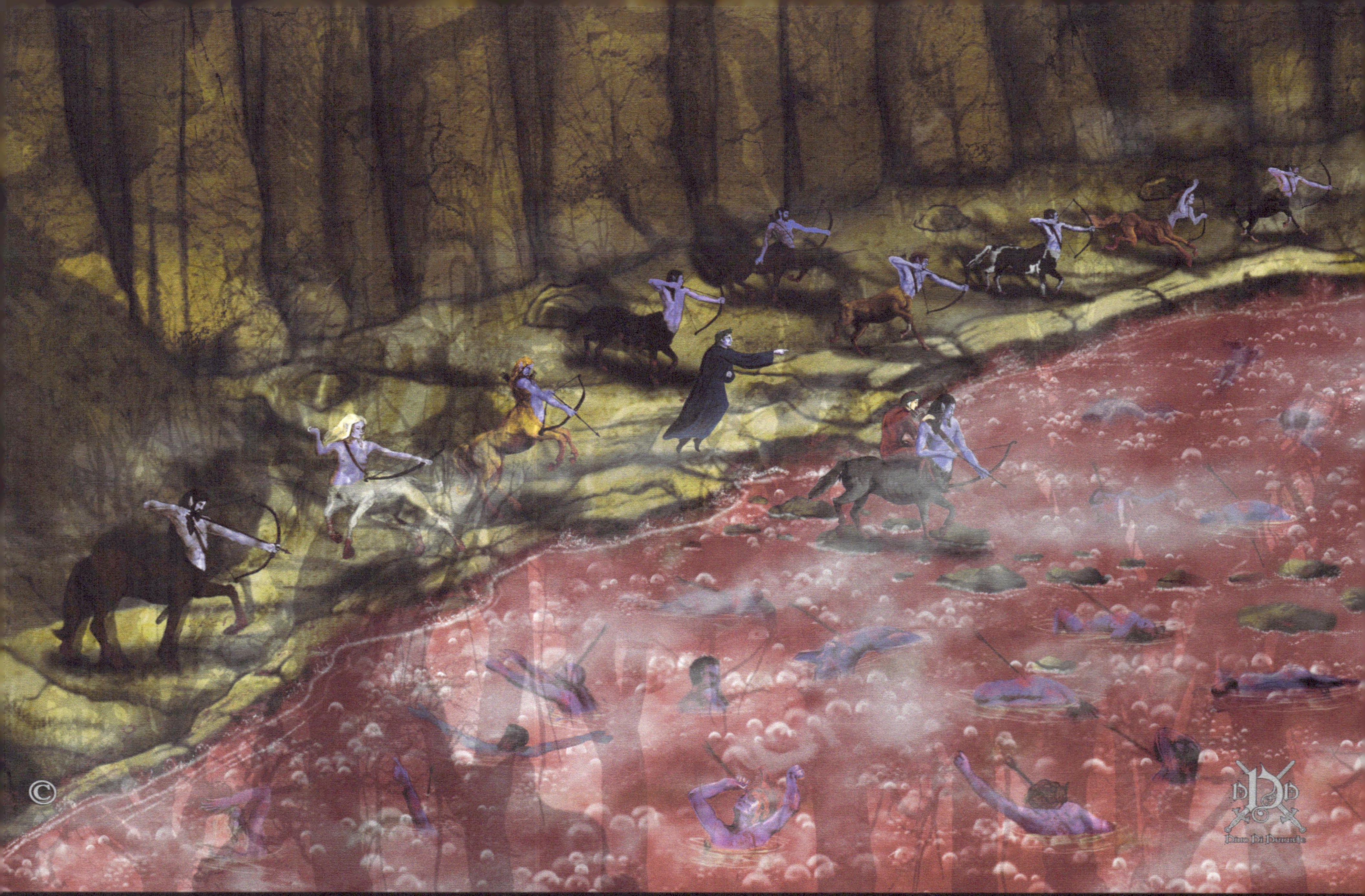

Syvende Kreds: Første Ring - Morderne i Kogende Blod

Vergil svæver. Nessus bærer Dante tværs over floden Flegethon

SYVENDE KREDS: ANDEN RING – SELVMORDERNE OG ØDELANDENE
DANTE BRÆKKER EN GREN OG PIER DELLA VIGNA BLØDER

DYBET

VERGIL GØR TEGN TIL GERYON VED AT SLYNGE DANTES REB UD OVER KANTEN

GERŸON VISER SIG

DANTE OG VERGIL FLYVER MED TIL MALEBOLGE PÅ RYGGEN AF GERŸON

Geryon Lander

Dante og Vergil stiger ned i Malebolge

Den Ottende Kreds: Malebolge, med den Niende Kreds Under Sig.

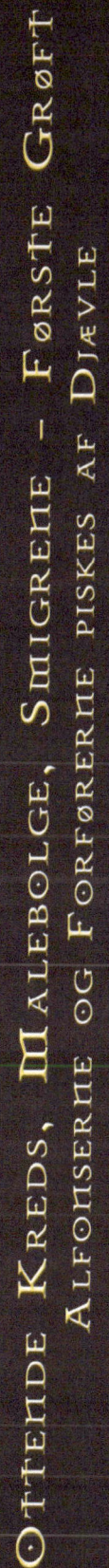

OTTENDE KREDS, MALEBOLGE, SMIGRERE – FØRSTE GRØFT
ALFONSERNE OG FORFØRERNE PISKES AF DJÆVLE

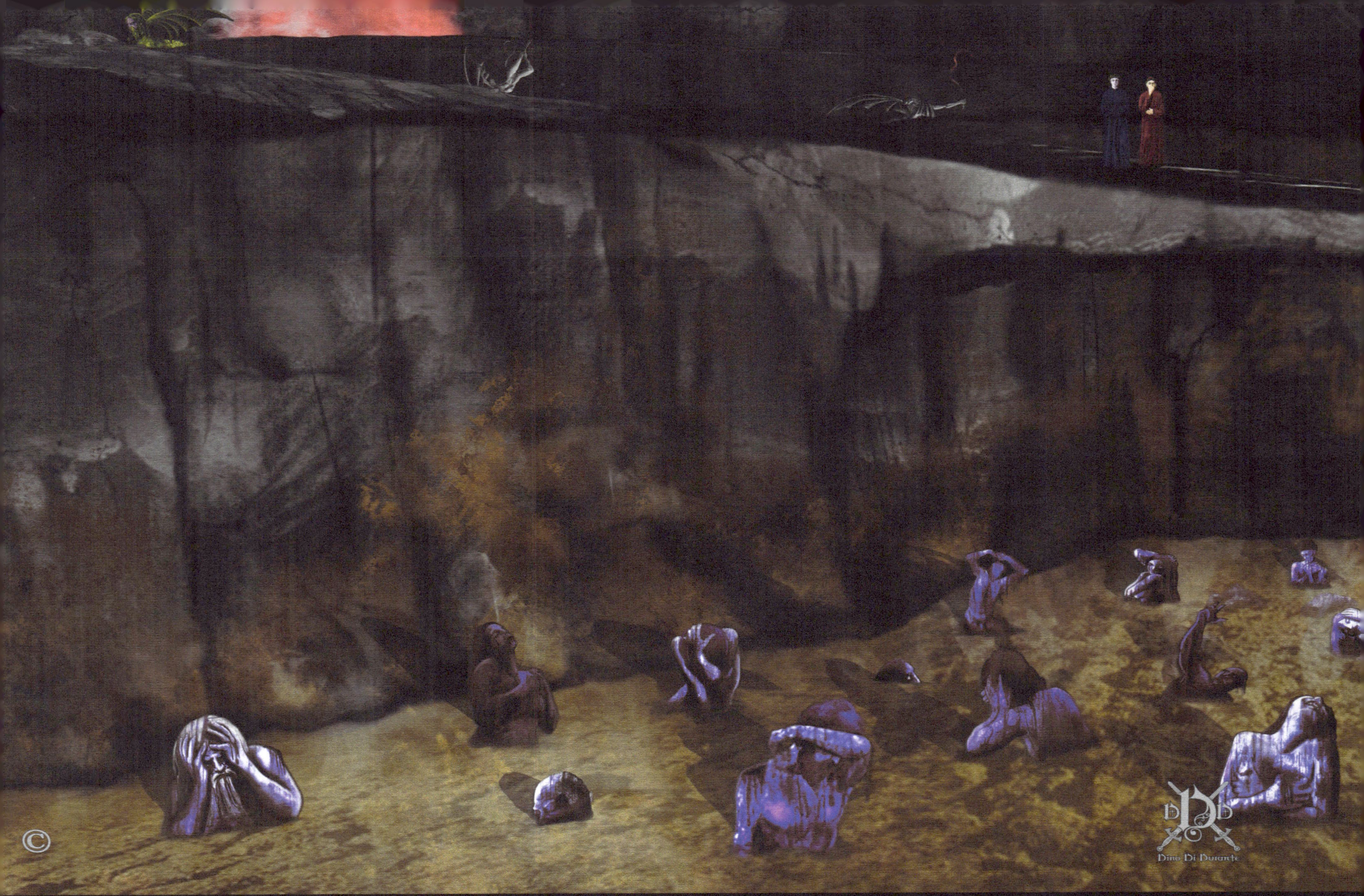

Ottende Kreds, Malebolge - Smigrene: Anden Grøft
Smigrene stænkes i en Sø af Afføring

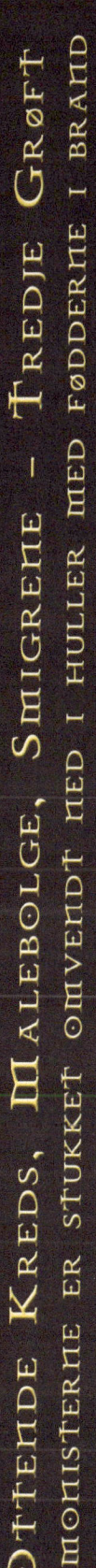

OttenDe Kreds, Malebolge, Smigrene – Tredje Grøft
Simonisterne er stukket omvendt med i huller med fødderne i brand

Ottende Kreds, Malebolge, Smigrenet – Fjedre Grøft
Heksene, Astrologerne og de Falske Profeter

Ottende Kreds, Malebolge, Smigrene – Femte Grøft
Korrupte politikere i en indsø af kogede beg

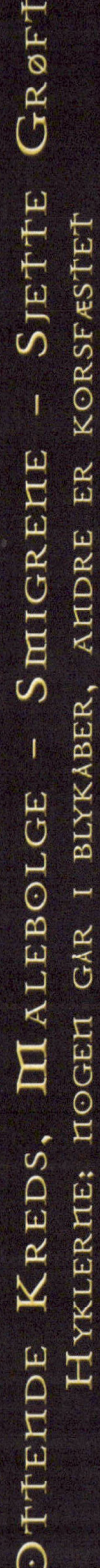

OTTENDE KREDS, MALEBOLGE – SMIGRENE – SJETTE GRØFT

HYKLERNE; NOGEN GÅR I BLYKÅBER, ANDRE ER KORSFÆSTET

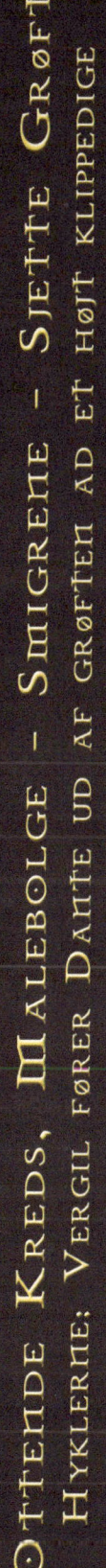

Ottende Kreds, Malebolge – Smigrene – Sjette Grøft
Hyklerne: Vergil fører Dante ud af grøften ad et højt klippedige

ⵔ Ottende Kreds, Malebolge, Smigrene – Ottende Grøft
Bedrageriske Rådgivere: Odysseus, Diomedes og andre er indsvøbt i flammekugler

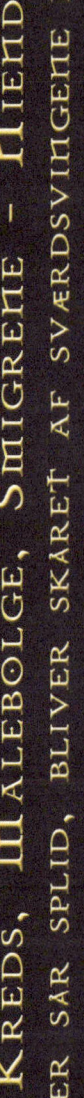

OTTENDE KREDS, MALEBOLGE, SMIGRENE – NIENDE GRØFT
Dem, der sår splid, bliver skåret af sværdsvingende djævle

OTTENDE GRØFT, MALEBOLGE, SMIGRENE – TIENDE GRØFT
FALSKNERE: ALKYMISTER, FALSKMØNTER, MEMEDERE OG BEDRAGERE

Vogterne af den Niende Kreds
Kæmperne: Ephialates, Antæus og Himrod

Niende Kreds – Forræderne

Grev Ugolino gnaver på ærkebiskop Ruggieriss hoved

NIENDE KREDS – FORRÆDERNE

LUCIFER FROSSET FAST I IS TIL LIVET GNAVER PÅ TRE SYNDERE

NIENDE KREDS – FORRÆDERNE

En hudløs Lucifer gnaver på Judas, Brutus og Cassius

Den Store Flugt

Vergil klatrer ned og op ad Lucifers krop med Dante på sin ryg

Ud af Helvede på Lucifers Krop

Dante og Vergil dukker frem ved den Sydlige Halvkugle

Mod Udgangen

Dante og Vergil forlader Lucifer

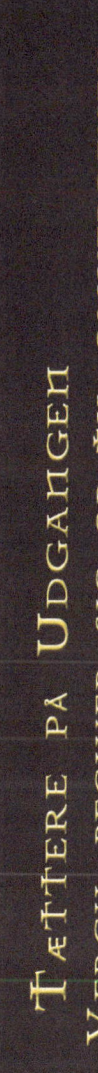

Tættere på Udgangen

Dante og Vergil begiver sig op til omverdenen

Et Glimt af Lys

Digterne iagtager lyset, der gennemstrømmer en åbning

Et Dragende Lys
Dante og Vergil følger lyset

Dino Di Durante

STJERNERNE

DANTE OG VERGIL LEDES UD AF STJERNERNES SKÆR

Vejen til Purgatoriet

Digterne kigger på Venus og stjernerne, der afspejles i havet

Himlen

De skuer Sydkorset og stjernebilledet Fiskene

HELVEDSCOLLAGE

DANTE BLANDT PLUTO, MINOS OG TO SELVMORDERE

Armand Mastroianni

Presents

Dante's Hell Animated

A Film Produced and Directed by Boris Acosta
Artwork by Dino Di Durante

Eric
Roberts

Nia
Peeples

Vincent
Spano

Jeff
Conaway

Hélène
Cardona

Al
Sapienza

Shirly
Brener

Rico
Simonini

Vanna
Bonta

Adrian
Paul

www.DantesHellAnimated.com

Armand Mastroianni
presenta

Inferno Dantesco Animato
Regia di Boris Acosta

Vittorio
Gassman

Franco
Nero

Vittorio
Matteucci

Silvia
Colloca

Marco
Bonini

Cosimo
Fusco

Veronica
De Laurentiis

Susanna
Cappellaro

Arnoldo
Foa

Simona
Caparrini

Mario
Opinato

Sceneggiatore - Dante Alighieri
Adattamento - Dino Di Durante
Produttore - Boris Acosta
Musica - Aldo De Tata e Maria Eolani
www.InfernoDantescoAnimato.com

www.ingramcontent.com/pod-product-compliance
Lightning Source LLC
Chambersburg PA
CBHW040825050726

47507CB00021B/138